LES ÉNIGMES DE NARUTO

DU CP AU CE1

LAROUSSE

Révise tout le programme de français et de maths avec les cahiers de vacances Naruto !

Direction de publication : Carine Girac-Marinier
Direction éditoriale : Stéphanie Jouzier
Édition : Ella-Meï Tabernero Chaudet, aidée de Nicolas Bailly
Direction artistique : Uli Meindl
Conception graphique : Sophie Rivoire
Mise en page : SKGD Création
Lecture-correction : Sophie Petitprêtre
Fabrication : Émilie Peyrou
Illustrations complémentaires : ©Shutterstock

21, rue du Montparnasse
75283 Paris Cedex 06

ISBN : 978-2-03-604200-1

LES ÉNIGMES DE NARUTO

DU CP AU CE1

François Lecellier

LAROUSSE

SOMMAIRE

Mathématiques

Français

Présentation des personnages

Naruto

Sasuke

Sakura

Kakashi

Gaara

Hinata

L'entraînement de Naruto

Naruto et ses amis commencent leur entraînement. Pour cela, ils doivent se déplacer en respectant l'ordre alphabétique de leur prénom.

Aide-les en classant les prénoms ci-dessous dans l'ordre alphabétique.

Sakura

Naruto

Sasuke

Ino

Hinata

Kiba

Le repas du ninja

Après son entraînement intensif, Naruto a besoin de manger pour reprendre des forces. Dans sa poche, il a 20 ryo.

Calcule ce qu'il lui restera après avoir acheté chaque repas.

a) 

9 ryo

Il lui reste : ____________

b) 

10 ryo

Il lui reste : ____________

c) 

6 ryo

Il lui reste : ____________

d) 

5 ryo

Il lui reste : ____________

Une sortie au village

Alors que Sakura sort de chez elle pour se diriger vers la place du village, elle s'amuse à observer tout ce qu'elle croise sur son chemin.

Pour chaque mot, coche le bon nombre de syllabes.

panier	fleur	arbre
animal	seau	maison
charrette	clôture	enfant

Les talents de Sasuke

**Sasuke s'est amusé à lancer des shurikens sur des cibles en papier.
Il aimerait savoir quel essai lui a rapporté le plus de points.**

Pour chaque cible, compte le nombre de points total obtenu par Sasuke.

a)

[ ] + [ ] = [ ]

b)

[ ] + [ ] = [ ]

c)

[ ] + [ ] + [ ] = [ ]

d)

[ ] + [ ] + [ ] = [ ]

Dessine-moi une barque

**Sakura a construit une petite barque avec une voile.
Elle va maintenant essayer de la mettre à l'eau.**

Relie les points ci-dessous à l'aide d'une règle pour recréer la barque de Sakura.

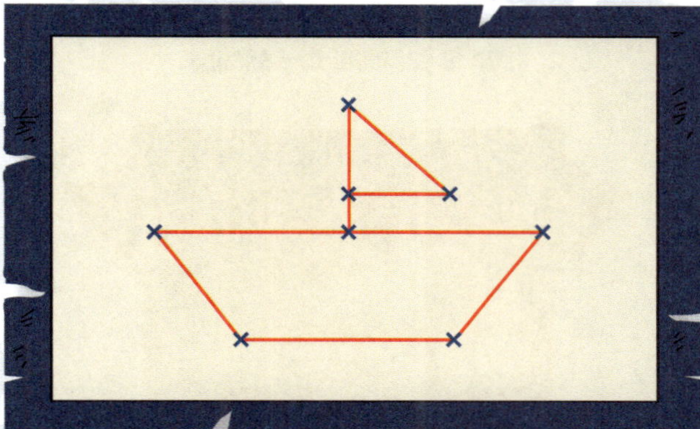

Les villageois en colère

Alors que Sasuke se promène dans le village, il entend deux villageois se disputer au sujet du nom de leur village et de leur pays.

Le premier dit qu'il y a plus de consonnes que de voyelles, tandis que le second affirme le contraire.

Qui a raison ? Pour le savoir, compte le nombre de consonnes et de voyelles sur le panneau ci-dessous.

Le nombre de consonnes : ______

Le nombre de voyelles : ______

La demande du Hokage

Après avoir observé le cours de Kakashi donné à Naruto et ses amis, le Hokage demande au professeur de noter ses élèves.

Aide Kakashi et écris ces nombres en toutes lettres.

• 12 = ____________________

• 18 = ____________________

• 14 = ____________________

• 10 = ____________________

• 15 = ____________________

• 17 = ____________________

Les cinq éléments

Kakashi prépare une leçon pour ses élèves, il veut leur faire deviner le nom des cinq éléments indispensables aux ninjas.

Pour chaque image, choisis le mot qui correspond le mieux.

	seau • eau • chaud • château
	peu • deux • feu • nœud
	vent • cent • dent • lent
	mère • cerf • terre • hier
	poudre • foudre • foin • douve

La matinée de Sasuke

Quand Sasuke se prépare le matin, il préfère faire ce qui lui prend le moins de temps en premier.

Compare les chiffres et colorie la bonne étiquette pour aider Sasuke à savoir dans quel ordre faire les choses.

6 est plus petit | grand que 9.

5 est plus petit | grand que 4.

19 est plus petit | grand que 21.

15 est plus petit | grand que 8.

11 est plus petit | grand que 16.

7 est plus petit | grand que 2.

9 est plus petit | grand que 6.

Le parcours d'obstacles

Naruto, Sakura et Sasuke s'élancent sur un parcours d'obstacles.

Pour savoir qui a été le plus rapide, résous ces additions.

5 min + 6 min + 8 min = ________ min

4 min + 7 min + 9 min = ________ min

6 min + 8 min + 7 min = ________ min

Le plus rapide est : ________________

L'anniversaire de Sakura

Naruto souhaite faire plaisir à Sakura pour son anniversaire en lui offrant quatre objets.

Complète le nom de chaque objet en ajoutant les voyelles manquantes.

	c_ffr_
	g_t___
	pl_nt_
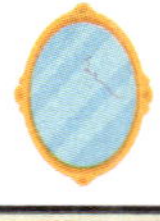	m_r__r

Les cadeaux d'anniversaire

Pour son anniversaire, Sakura a reçu beaucoup de cadeaux. Elle décide de les ranger dans sa chambre en les posant sur son étagère dans l'ordre alphabétique.

Aide Sakura à classer les objets suivants.

peluche • coffre • miroir • poupée • cadre • manteau

Remettre un peu d'ordre

À la demande de Kakashi, Naruto et Sasuke ont ramassé des pierres colorées sur le chemin, qu'ils ont déposées dans des paniers. Une fois arrivés devant leur professeur, ils souhaitent savoir combien ils en ont en tout.

Écris et dessine dans les paniers vides le bon nombre de pierres de chaque couleur.

____ pierres bleues

____ pierres vertes

____ pierres rouges

Naruto

Sasuke

Un œil de lynx

Parmi les qualités primordiales d'un ninja figure le sens de l'observation. Lors d'un examen, Sakura doit distinguer les formes géométriques qui se trouvent sur sa copie.

Pour aider Sakura, identifie les carrés en les coloriant en bleu.
Puis utilise les lettres associées aux carrés pour trouver le nom d'un pays dans l'univers de *Naruto*.

Il s'agit du pays de la ______________

Le combat de Naruto et Sakura

Naruto et Sakura décident de se mettre à l'épreuve et de s'affronter en citant le plus de mots possible en peu de temps. Les mots féminins ont été prononcés par Sakura et les mots masculins par Naruto.

Pour les départager, classe les noms ci-dessous dans le tableau. Tu peux t'aider en utilisant « un » ou « une » devant les noms suivants :

lapin • maman • oiseau • pluie • renard • château • cabane • manteau • fille • chat • école

MASCULIN (NARUTO)	FÉMININ (SAKURA)

La grotte mystérieuse

En se promenant assez loin du village, Naruto trouve une grotte étrange. En regardant le panneau affiché à l'entrée, il peut lire :

Aide Naruto à trouver le centre de la grotte et le trésor.

La concentration de Sasuke

Quand Sasuke s'entraîne, il a besoin de se concentrer de toutes ses forces. Malheureusement, il est souvent distrait et a tendance à oublier la fin des mots qu'il prononce.

Aide Sasuke à retrouver les mots correspondant à chaque objet.

	sa ________________
	sa ________________
	sa ________________
	sa ________________
	sa ________________
	sa ________________

Tous dans les arbres !

Pour être discret dans la forêt, Kakashi demande à ses élèves de mettre le moins souvent les pieds par terre et de se déplacer dans les arbres.

Classe par ordre croissant (du plus petit au plus grand) le nombre de pas de chaque élève. Celui qui a fait le moins de pas est l'élève le plus discret.

Naruto : 12 • Sakura : 11 • Sasuke : 9

______ < ______ < ______

C'est ______________ qui est le plus discret.

Mots croisés

Complète la grille avec les noms des personnages représentés. Si tu ne les connais pas, voici leurs prénoms : Hinata, Sasuke, Naruto, Kakashi, Sakura.

Les shurikens de Sasuke

À la fin de son entraînement, Sasuke souhaite récupérer tous les shurikens qu'il a utilisés.

Entoure les shurikens par paquets de 5 et compte le nombre total de shurikens ramassés par Sasuke.

Sasuke a ramassé ______ shurikens au total.

Le grand rangement

**Avant de partir s'entraîner avec ses amis, Naruto doit ranger chez lui.
Il a préparé un gâteau et tout est en désordre.**

Pour aider Naruto, classe les mots ci-dessous dans l'ordre alphabétique.

cuillère • couteau • fourchette • casserole • passoire • fouet • saladier • marmite • bol • assiette

____

____

____

Le compte est-il bon ?

**Gaara décide d'aller chez le marchand du village.
Il a assez d'argent pour acheter tout ce qu'il souhaite, mais il veut qu'on lui rende la monnaie comme il faut.**

Pour chaque vêtement, calcule la monnaie que doit lui rendre le marchand.

a) Gaara utilise 10 ryo pour s'acheter le pantalon suivant.

5 ryo

10 – 5 = ____

Il va rester à Gaara ____ ryo.

b) Gaara utilise 6 ryo pour s'acheter la ceinture suivante.

4 ryo

____ – ____ = ____

Il va rester à Gaara ____ ryo.

c) Gaara utilise 9 ryo pour s'acheter la cagoule suivante.

8 ryo

____ – ____ = ____

Il va rester à Gaara ____ ryo.

d) Gaara utilise 18 ryo pour s'acheter la tenue suivante.

11 ryo

____ – ____ = ____

Il va rester à Gaara ____ ryo.

Les secrets des parchemins

Quand Naruto et Neji décident de s'affronter, ils doivent apprendre de nouvelles techniques. Ils révisent tous les deux grâce à d'anciens parchemins. Ils devront ensuite bien les ranger.

Écris en chiffres le numéro de chaque parchemin pour les aider.

Treize : ______

Vingt : ______

Quatorze : ______

Neuf : ______

Cent : ______

Dix-huit : ______

Pour apprendre, il faut prononcer

Iruka tente d'inculquer aux élèves de l'Académie les valeurs des ninjas. Mais pour que ses élèves comprennent, il faut d'abord qu'ils arrivent à prononcer les mots.

Aide les élèves dans leur prononciation en coloriant en vert les mots où tu entends le son « v » et en rouge ceux où tu entends le son « f ».

forêt

vraiment

s'efforcer

découvrir

fort

différentes

pouvoir

foncent

Les rubans d'Ino

Ino a découpé plusieurs longueurs de ruban pour attacher ses cheveux.

Pour chaque image, mesure chaque ruban avec ta règle.

a)

Ino a coupé un ruban de ____ cm.

b)

Ino a coupé un ruban de ____ cm.

c)

Ino a coupé un ruban de ____ cm.

Les lettres redoutées

En entrant dans la salle de classe, Naruto a fait tomber toutes les lettres qui étaient posées sur une table en préparation de la leçon du jour.

Pour que Naruto ne se fasse pas disputer, aide-le à remettre les lettres sur la table dans l'ordre alphabétique.

Les pierres de Kakashi

Kakashi se perd dans ses calculs. Il sait qu'il a assez de pierres pour proposer à ses élèves de s'entraîner, mais il n'arrive pas à compter exactement combien il en a.

Aide Kakashi en entourant les pierres par groupes de 2.

Il y a ______ pierres au total.

La bonne association

Dans cette image, associe le bon mot au bon objet :
bandeau • feuille de papier • crayon • gomme • parka

Les frises géométriques

Les villageois ont préparé une fête dans une hutte. Ils veulent que chacun participe à la décoration. C'est à Sakura de compléter la frise.

En suivant les premières figures de la frise, ajoute les bons symboles dans les espaces blancs.

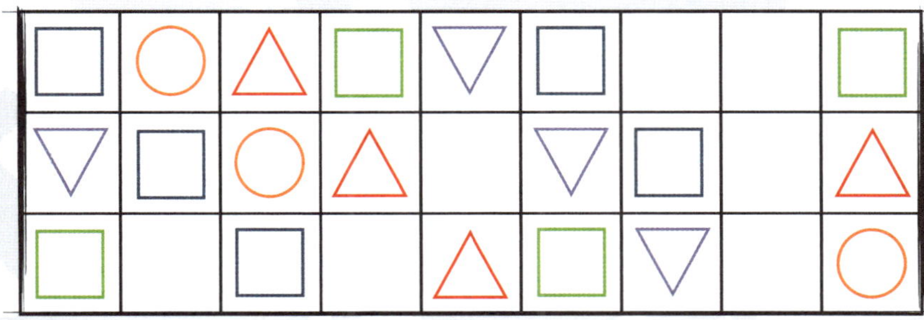

La syllabe manquante

C'est la fête du village. Tous les villageois s'amusent. Naruto en profite pour effacer le tableau de Kakashi, mais il n'a pas le temps de tout effacer.

Aide Naruto en écrivant la bonne syllabe qui manque pour chaque mot.

LA • LE • LI • LOU • LU • LAI

	______ NE
	______ PIN
	POU ______
	______ PE
	______ VRE
	BA ______

Le compte n'est pas bon !

Pour s'entraîner à lancer, Tenten emmène son arsenal d'armes. Le problème est qu'elle n'a pas pris le bon nombre d'armes avec elle.

Aide Tenten à avoir le nombre d'armes nécessaires pour son entraînement en dessinant ou en barrant des objets pour obtenir le bon compte.

La compétition

Sasuke est pressé, il doit arriver rapidement au temple. Il monte les escaliers en sautant les marches deux par deux.

Compte les marches deux par deux et complète les cases blanches.

Ce que tout ninja doit faire

Derrière cette charade se cache la mission principale des ninjas aguerris.

Mon premier est la 3e lettre de l'alphabet.

Mon deuxième suit la lettre N.

Mon troisième précède la lettre N.

Mon quatrième est la 2e lettre de l'alphabet.

Mon cinquième précède mon quatrième dans l'alphabet.

Mon sixième est la 20e lettre de l'alphabet.

Mon tout est une des missions principales des ninjas.

Ta réponse :

____

Une affaire de cubes

**Quand Naruto fait une bêtise, Kakashi empile un nouveau cube rouge.
Et quand il réussit quelque chose, c'est un cube vert qui est ajouté.**

D'après les piles de cubes que tu peux voir ci-dessous, Naruto a-t-il fait plus de bêtises ou a-t-il eu plus de réussites ?

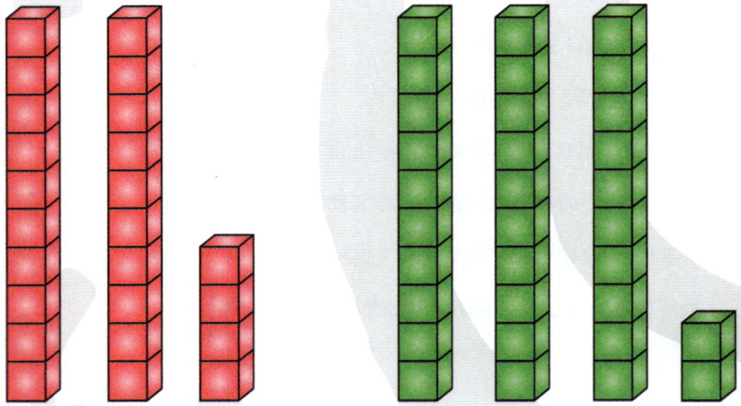

Naruto a fait ____ bêtises. **Naruto a eu ____ réussites.**

____

Au tableau !

À l'Académie ninja, Iruka décide d'interroger un élève pour tester son niveau. Il demande à Naruto d'aller au tableau et de réaliser l'exercice.

Aide Naruto à compléter les deux droites graduées.

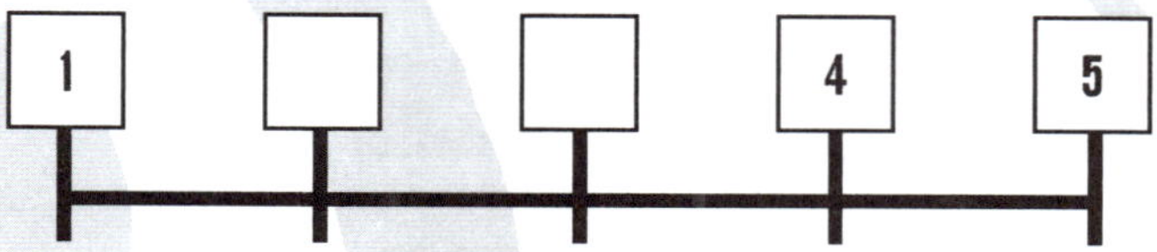

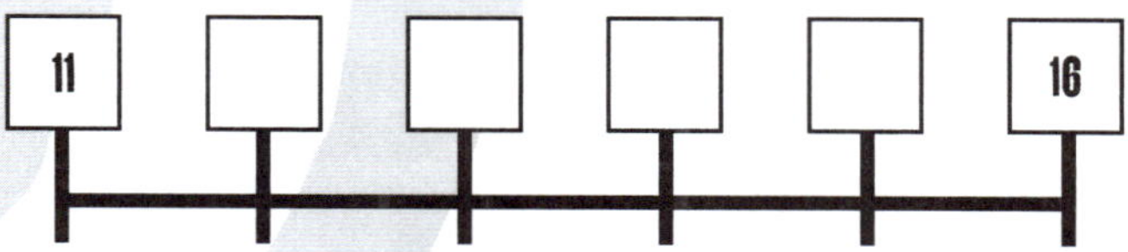

La chambre de Naruto

Assemble les différentes syllabes ensemble et tu trouveras ainsi les objets qui sont dans la chambre de Naruto. Pour t'aider, regarde bien les formes arrondies de chaque pièce, quand il y en a.

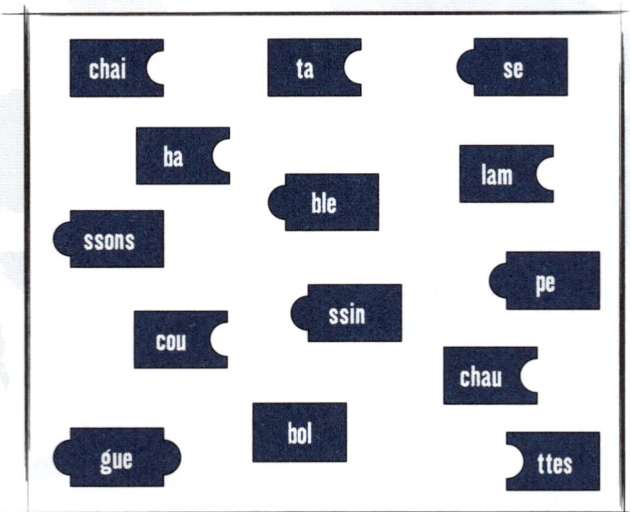

Le marchand de pierres

Sur la place du village, un marchand vend des pierres de toutes les couleurs. Sakura les trouve jolies. Elle veut au moins cinq pierres de la même couleur.

Aide Sakura en entourant les pierres quand il y en a 5 de la même couleur.

Les phrases mêlées

Naruto veut aller trop vite. Alors, il oublie de faire des pauses dans ses phrases.

Aide Kakashi à comprendre Naruto en séparant les mots avec un trait.
Suis l'exemple suivant : J'ai/faim.

J'aienviedemangerdesramens.

JemesuisbattucontreSasuke.

J'aioffertdesfleursàSakura.

J'aimebienfairedesbêtises.

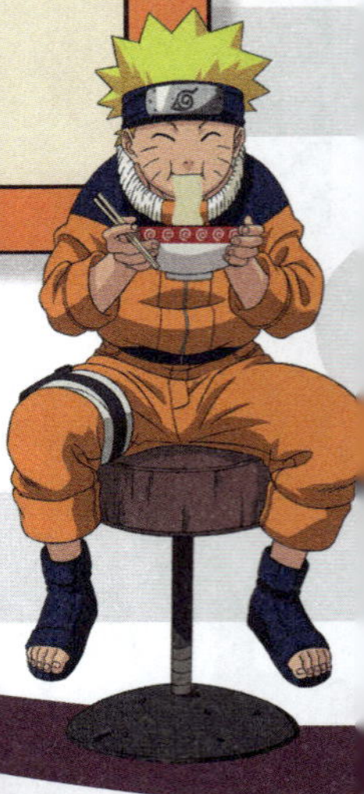

Rejoindre le temple secret

Pour monter l'escalier qui mène au temple secret, Sasuke doit passer une épreuve.

Aide Sasuke en écrivant, pour chaque marche, le résultat de l'addition.

2 + 7 = ____

1 + 14 = ____

2 + 5 = ____

8 + 4 = ____

6 + 7 = ____

Invocation d'animaux

Kakashi veut apprendre à ses élèves à se défendre face à des ennemis. Certains ninjas peuvent invoquer des animaux.

Aide Kakashi en écrivant le nom de chaque animal.

A			I	L		

O	I				

S						

H				

Kunaïs et shurikens

Compte le nombre de shurikens et de kunaïs présents sur l'image suivante en les entourant.

Il y a ____ shurikens et ____ kunaïs.

Tout est une question de position !

C'est l'hiver et Sakura veut organiser une bataille de boules de neige. Pour cela, elle a préparé un chemin dans la neige et elle l'a indiqué à Naruto et Sasuke.

Aide les deux garçons à retrouver Sakura en utilisant des prépositions.

Naruto est ____________ les rochers.

Sakura est ____________ le temple.

Sasuke est ____________ l'arbre.

Le son « oi »

Écris une phrase qui commence par « Naruto » et avec deux mots en « oi ». Puis fais un dessin qui représente cette phrase.

Des oiseaux hauts en couleur

Sakura a trouvé un parchemin codé avec des oiseaux. Ce parchemin doit lui révéler un chiffre essentiel pour terminer sa mission.

Selon la somme de ton addition, colorie les oiseaux :

- **en rouge si le résultat est 6 ;**
- **en bleu si le résultat est 10 ;**
- **en jaune si le résultat est 12 ;**
- **en marron si le résultat est 16.**

9 + 1	4 + 2	9 + 7	8 + 2
4 + 8	15 + 1	2 + 14	1 + 5
5 + 7	7 + 3	5 + 11	6 + 6
3 + 9	2 + 10	7 + 9	6 + 4

Relie les cases coloriées en marron.

Quel chiffre indiquent-elles ? ______

L'énigme de Kakashi

Sasuke veut trouver la solution d'une énigme posée par Kakashi. Il a demandé quelles figures géométriques sont dessinées sur le sol.

Aide Sasuke en trouvant le nom et la couleur des figures géométriques suivantes.

Le mot mystère

Le jeune Naruto découvre une grille de mots. Il ne dispose que de quelques indices pour découvrir le mot qui, selon certains, lui annoncerait son destin.

Aide Naruto à trouver le mot mystère en rayant les mots suivants de la grille : ELEPHANT • HIBOU • HINATA • KUNAI • LAVE • LE • NUIT • POULE • RAMEN • SHURIKEN • SOLEIL • UNION • VENT

Pour t'aider, cherche les mots à la verticale et à l'horizontale. Une lettre peut être utilisée plusieurs fois.

S	O	L	E	I	L	K	H
H	I	N	A	T	A	U	I
U	N	I	O	N	V	N	B
R	A	M	E	N	E	A	O
I	N	I	N	L	E	I	U
K	J	A	P	O	U	L	E
E	L	E	P	H	A	N	T
N	U	I	T	V	E	N	T

Le mot mystère est ______________.

Le jeu des jetons

Naruto, Chôji et Shikamaru décident de s'affronter en récupérant le plus de jetons possible. Celui qui gagnera est celui qui aura le score le plus grand.

Additionne les jetons de chaque personnage pour obtenir son score.

Naruto : 1 3 2 1 2 1 1 1 3

Total : ______

Chôji : 3 1 2 2 1 2 3

Total : ______

Shikamaru : 1 1 1 2 3 2 1 2 3

Total : ______

C'est ______________ qui a gagné.

Les phrases dans le bon ordre

Sakura te met au défi de remettre ces phrases dans le bon ordre.

Réécris les phrases dans l'ordre qui convient.

joué | les | J'ai | dans | Naruto. | avec | bois

____

fleur. | belle | Sasuke | donné | une | m'a

____

Kakashi | qui | à | C'est | m'apprend | ninja. | devenir | un

____

Droit dans le quadrillage

Iruka décide de donner un exercice de quadrillage.

Reproduis la figure du premier quadrillage sur le second.

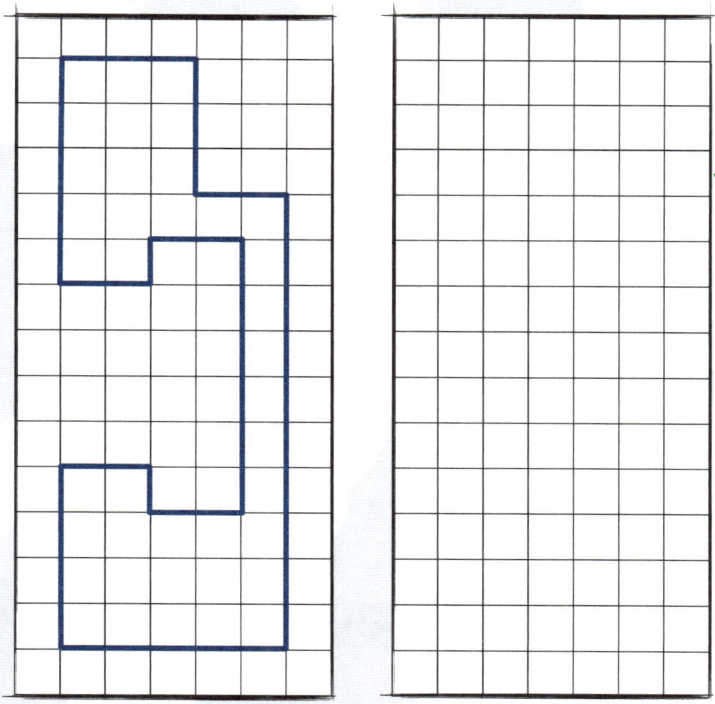

Le défi avant l'effort

Gaara est impatient de s'entraîner. Mais il doit d'abord relever un défi.

Aide Gaara en ajoutant le bon déterminant devant les mots suivants : « le » ou « la ».

______ chat

______ pelle

______ seau

______ table

______ forêt

______ cuisine

______ couteau

______ héros

Naruto, le pisteur

Quand Naruto sort de son village, il aperçoit de nombreuses empreintes d'animaux sur le sol. Il essaie de savoir jusqu'où ces empreintes vont l'emmener.

Pour aider Naruto, compte les empreintes et écris le résultat en toutes lettres.

Il y a ____________ empreintes

Il y a ____________ empreintes

Il y a ____________ empreintes

Il y a ____________ empreintes

À la suite...

Quand Sakura entre dans le temple, elle voit une frise magnifique avec les cinq premières lettres de l'alphabet. Les voyelles sont en rouge et une consonne sur deux est en vert, l'autre en bleu.

Continue la frise en écrivant les autres lettres de l'alphabet avec ta plus belle écriture.

a b c d e

Par le chemin le plus court

Sasuke vient de finir son entraînement. Il veut rentrer chez lui le plus rapidement possible. Il aperçoit plusieurs panneaux avec des distances différentes.

Tout d'abord, colorie en rouge le chiffre des dizaines et en bleu celui des unités sur chaque panneau. Puis entoure le panneau qui lui permettra de faire le moins de distance pour rentrer chez lui.

La philosophie de Lee

Lee ne dispose d'aucun talent naturel comme Sasuke ou Neji. Pour cela, il s'est imposé une philosophie, mais malheureusement, des lettres ont disparu.

À chaque signe correspond une lettre. Décode ce message.

🌬	🔥	💧	⚡	⛰
r	s	u	o	m

Le hé🌬⚡🔥 n'e🔥t pa🔥 cel💧i q💧i ne t⚡⛰be ja⛰ai🔥.
C'e🔥t cel💧i q💧i 🔥e 🌬elève t⚡💧j⚡💧🌬🔥 et ne pe🌬d
ja⛰ai🔥 de v💧e 🔥e🔥 🌬êve🔥.

Le hé___ ___ ___ n'e___t pa___ cel___i q___i ne t___ ___be

ja___ai___. C'e___t cel___i q___i ___e ___elève

t___ ___j___ ___ ___ ___ ___ et ne pe___d ja___ai___

de v___e ___e___ ___êve___.

Déjouer les pièges du désert

Gaara est face à un grand désert. Il sait qu'il y a des pièges et qu'il doit faire très attention.

Aide Gaara à sortir du désert en coloriant les cases de la grille de 10 en 10, en commençant par 0.

12	3	0	96	57	64	42	123
25	85	10	8	2	33	45	68
18	47	20	30	40	72	59	69
52	35	17	87	50	75	84	83
5	12	13	21	60	22	54	58
23	55	47	85	70	80	120	102
77	88	96	105	12	90	100	112
100	25	36	42	57	62	110	111

Jeux de mains

Sasuke veut maîtriser la technique qui associe des signes de main aux animaux.

Pour aider Sasuke, entoure les noms d'animaux qui comportent des lettres muettes finales.

serpent	bélier	tigre
sanglier	cheval	rat

Agrandir le dessin

Le dessin de Naruto est trop petit, il veut le refaire en plus grand pour l'offrir à Sakura.

Reproduis le dessin en l'agrandissant, puis colorie-le de la couleur de ton choix.

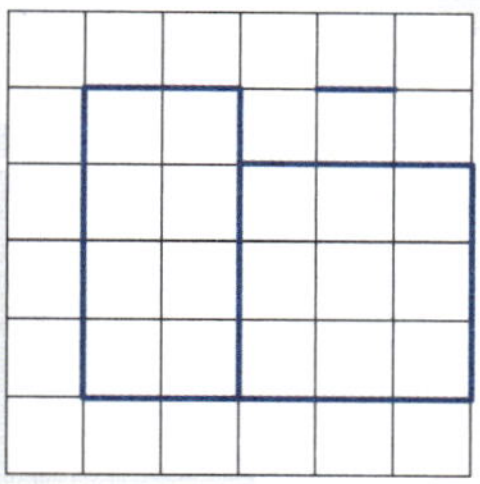

La meute de chiens

Combien y a-t-il de chiens sur cette image ? Entoure-les en rouge pour les identifier. Est-ce que tu vois un homme sur l'image ? Si c'est le cas, entoure-le en bleu.

Il y a ______ chiens sur l'image.

Les mots manquants

Complète les phrases suivantes avec les mots de la liste :

orange • fille • œil • bleu marine • cheveux • couleur • bandeau • yeux

Sakura est une ____________

Kakashi a un ____________ devant un ____________

Naruto a des vêtements ____________ et ____________

Sasuke a les ____________ noirs et les ____________

de la même ____________

Qui est le meilleur ?

**Naruto, Sakura et Sasuke ont eu les résultats de leur entraînement.
Ils veulent savoir qui a été le meilleur.**

Aide les trois amis à trouver qui a été le meilleur en entourant le plus grand nombre sur chaque ligne. Puis additionne le score de chacun et tu sauras qui est le plus fort.

	Naruto	Sakura	Sasuke
Connaissances et théorie	3	10	7
Endurance	10	4	8
Combat	7	3	9
TOTAL			

C'est ______________________ qui a le meilleur score.

SOLUTIONS

Page 7

Hinata, Ino, Kiba, Naruto, Sakura, Sasuke

Page 8

a) 20 – 9 ryo = 11 ryo
b) 20 – 10 = 10 ryo
c) 20 – 6 = 14 ryo
d) 20 – 5 = 15 ryo

Page 9

panier	X	X		
fleur	X			
arbre	X	X		
animal	X	X	X	
seau	X			
maison	X	X		
charrette	X	X	X	
clôture	X	X		
enfant	X	X		

Page 10

a) 1 + 3 = 4
b) 2 + 4 = 6
c) 2 + 4 + 5 = 11
d) 1 + 3 + 4 = 8

Page 11

Les parents veilleront à vérifier que le tracé de l'enfant est correct en le comparant avec le modèle en page 11.

Page 12

Les villageois ont tort tous les deux car il y a 20 voyelles et 20 consonnes, ce qui veut dire qu'il y a le même nombre de consonnes et de voyelles.

Page 13

- Douze
- Dix-huit

- Quatorze
- Dix

- Quinze
- Dix-sept

Page 14

eau	
feu	
vent	
terre	
foudre	

Page 15

6 est plus **petit** que 9.
5 est plus **grand** que 4.
19 est plus **petit** que 21.
15 est plus **grand** que 8.
11 est plus **petit** que 16.
7 est plus **grand** que 2.
9 est plus **grand** que 6.

Page 16

5 min + 6 min + 8 min = **19** min

4 min + 7 min + 9 min = **20** min

6 min + 8 min + 7 min = **21** min

Page 17

coffre
gâteau
plante
miroir

Page 18

cadre, coffre, manteau, miroir, peluche, poupée

Page 19

5 bleues

7 rouges

8 vertes

Page 20

Les carrés sont les figures avec les lettres
O, D, F, R, E et U.
Il s'agit du pays de la **Foudre**.

Page 21

MASCULIN (NARUTO)	FÉMININ (SAKURA)
un lapin	une maman
un oiseau	une pluie
un renard	une cabane
un château	une fille
un manteau	une école
un chat	

Il y a 6 mots dans la colonne de Naruto et 5 dans la colonne de Sakura : c'est donc Naruto qui a gagné.

Page 22

Page 23

sapin
sablier
savon
sabre
sac
salade

Page 24

9 < 11 < 12

Sasuke a été le plus discret en mettant le pied seulement neuf fois par terre.

Page 25

Page 26

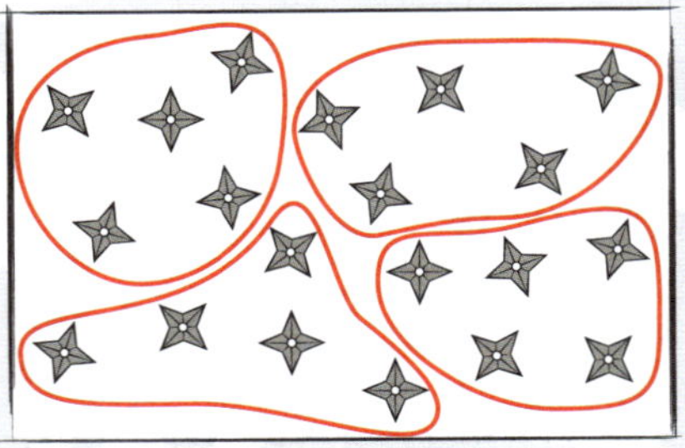

Il y a 20 shurikens au total.

Page 27

assiette, bol, casserole, couteau, cuillère, fouet, fourchette, marmite, passoire, saladier

Page 28

a) 10 – 5 = 5
b) 6 – 4 = 2
c) 9 – 8 = 1
d) 18 – 11 = 7

Page 29

Treize : 13
Quatorze : 14
Cent : 100
Vingt : 20
Neuf : 9
Dix-huit : 18

Page 30

forêt	vraiment
s'efforcer	découvrir
fort	différentes
pouvoir	foncent

Page 31

a) Ino a coupé un ruban de 5 cm
b) Ino a coupé un ruban de 7 cm.
c) Ino a coupé un ruban de 3 cm.

Page 32

C, E, G, K, L, M, P, R, U, X

Page 33

Il y a 12 pierres au total.

Page 34

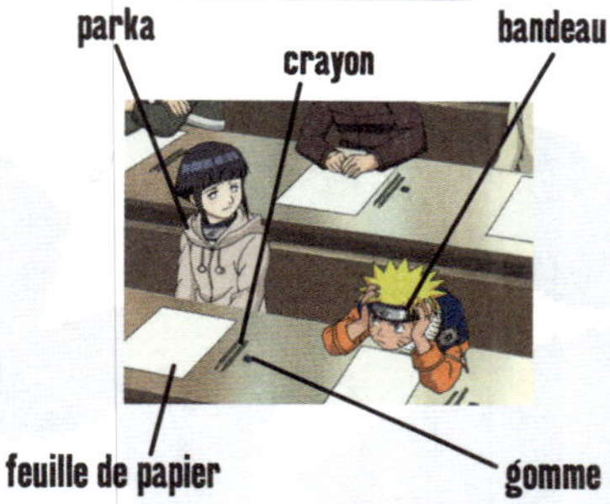

Page 35

Page 36

lune
lapin
pou**le**
loupe
livre
ba**lai**

Page 37

10 shurikens

8 kunaïs

Page 38

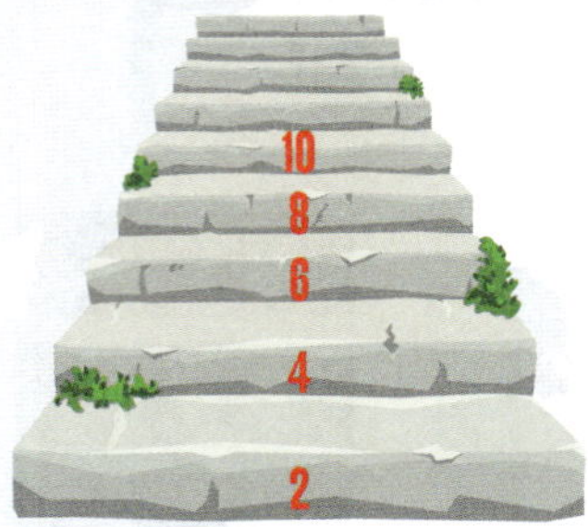

Page 39

COMBAT

Page 40

Naruto a fait **24** bêtises.

Naruto a eu **32** réussites.

Naruto a eu plus de réussites qu'il n'a fait de bêtises.

Page 41

1 — 2 — 3 — 4 — 5

11 — 12 — 13 — 14 — 15 — 16

Page 43

Page 42

chaise	chai / se
table	ta / ble
lampe	lam / pe
coussin	cou / ssin
chaussons	chau / ssons
bol	bol
baguettes	ba / gue / ttes

Page 44

J'ai/envie/de/manger/des/ramens.
Je/me/suis/battu/contre/Sasuke.
J'ai/offert/des/fleurs/à/Sakura.
J'aime/bien/faire/des/bêtises.

Page 45

2 + 7 = 9

1 + 14 = 15

2 + 5 = 7

8 + 4 = 12

6 + 7 = 13

Page 46

A	B	E	I	L	L	E

O	i	S	E	A	U

S	E	R	P	E	N	T

H	I	B	O	U

Page 47

Il y a 6 shurikens et 2 kunaïs.

Page 48

Naruto est **entre** les rochers.
Sakura est **devant** le temple.
Sasuke est **à côté de** l'arbre.

Page 49

Exemples de réponses possibles :
Naruto voit un poisson.
Naruto boit du jus de poire.
Naruto regarde une voile noire.
Naruto met une boîte dans le tiroir.

Page 50

9 + 1	4 + 2	9 + 7	8 + 2
4 + 8	15 + 1	2 + 14	1 + 5
5 + 7	7 + 3	5 + 11	6 + 6
3 + 9	2 + 10	7 + 9	6 + 4

Le chiffre qui se cache derrière cette énigme est 1.

Page 51

Il y a un **carré bleu**, un **rectangle rouge**, un **triangle vert** et un **cercle jaune**.

Page 52

Le mot mystère est **NINJA**.

Page 53

Naruto : 1 + 3 + 2 + 1 + 2 + 1 + 1 + 1 + 3 = **15**

Chôji : 3 + 1 + 2 + 2 + 1 + 2 + 3 = **14**

Shikamaru : 1 + 1 + 1 + 2 + 3 + 2 + 1 + 2 + 3 = **16**

C'est **Shikamaru** qui a gagné.

Page 54

J'ai joué dans les bois avec Naruto.
Sasuke m'a donné une belle fleur.
C'est Kakashi qui m'apprend à devenir un ninja.

Page 55

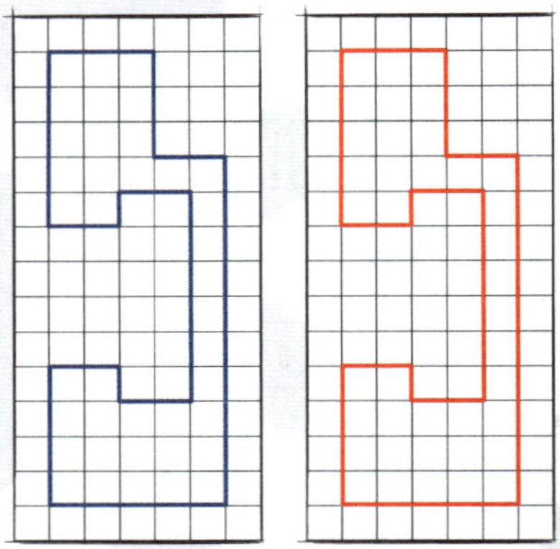

Page 56

le chat
le sceau
la forêt
le couteau
la pelle
la table
la cuisine
le héros

Page 57

Il y a **treize** empreintes
Il y a **cinq** empreintes
Il y a **huit** empreintes
Il y a **dix** empreintes

Page 58

abcdefghijklmnopqrstuvwxyz

Page 59

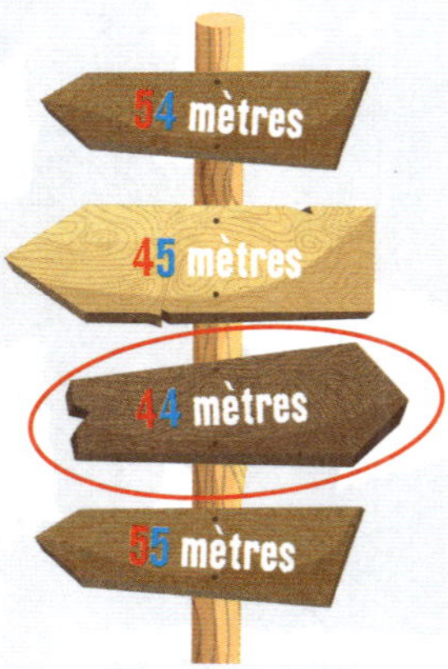

Page 60

Le héros n'est pas celui qui ne tombe jamais. C'est celui qui se relève toujours et ne perd jamais de vue ses rêves.

Page 61

12	3	0	96	57	64	42	123
25	85	10	8	2	33	45	68
18	47	20	30	40	72	59	69
52	35	17	87	50	75	84	83
5	12	13	21	60	22	54	58
23	55	47	85	70	80	120	102
77	88	96	105	12	90	100	112
100	25	36	42	57	62	110	111

Page 62

serpent – bélier – tigre – sanglier – cheval – rat

Page 63

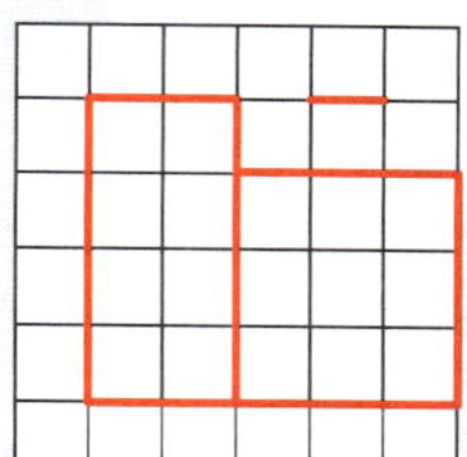

Page 64

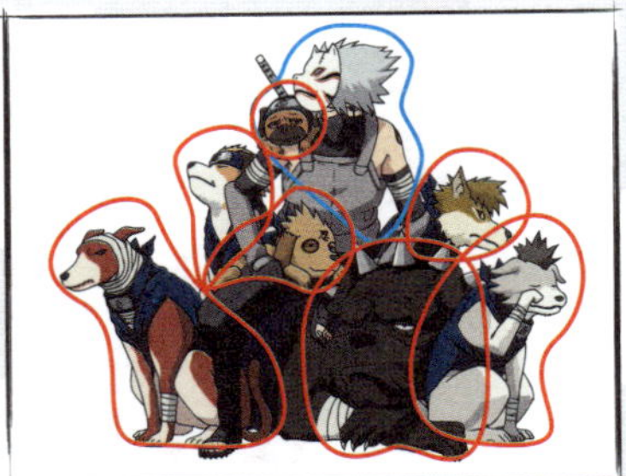

Il y a 7 chiens sur l'image.

Page 65

Sakura est une fille.
Kakashi a un bandeau devant un œil.
Naruto a des vêtements orange et bleu marine.
Sasuke a les cheveux noirs et les yeux
de la même couleur.

Page 66

	Naruto	Sakura	Sasuke
Connaissances et théorie	3	10	7
Endurance	10	4	8
Combat	7	3	9
TOTAL	20	17	24

C'est Sasuke qui a le meilleur score.

Diplôme de Naruto

Décerné à

____

Fait à : ____________________

Le : ____________________

Signature : ____________________

PAPIER À BASE DE FIBRES CERTIFIÉES

LAROUSSE s'engage pour l'environnement en réduisant l'empreinte carbone de ses livres. Celle de cet exemplaire est de :
500 g éq. CO_2
Rendez-vous sur www.larousse-durable.fr

Achevé d'imprimer en Espagne par Gráticas Estella
Dépot légal : mars 2023 - 332053/01
N° de projet : 11051280 - mars 2023